辑三 ◎ 世界和它

我，一个驾驶蝴蝶的人

我，一

驶蝴蝶的人　　张进步◎著　　南方出版社

"闷罐"中的杜甫、骑鲸者或黑猫的瞳孔

——张进步诗歌印象

◎ 霍俊明 [*]

每次见到张进步我都格外开心 —— 实际上近两年我们才开始真正交往，白白胖胖的他显得非常可靠，"我怕累：我慵懒、多汗，爱坐在树荫下发呆"（《秋日登两髻山》）。于众人中他又总是处于呵呵微笑的呆萌状态。但是，在诗人和语言世界的层面，已经写了二十多年诗歌的张进步显然就是另外一番面貌了，甚至令人惊异。比如这本诗集名之为"我，一个驾驶蝴蝶的人"就显得另类、大胆、漂移、狂想，"把越来越沉重巨大的内心/挖空，令其漂浮，从而一步步涉足于未知的领域/ —— 此时我正坐在整个人类的想象上……"（《在大运河上乘船》）实际上，他上一本诗集

* 霍俊明：诗人、评论家，现任中国作协《诗刊》社副主编

的标题《那天晚上，月亮像一颗硬糖》也很另类。平心而论，我尤其喜欢那些难以被"归类"的诗人，他们的语言态度和精神视界显然更具有不可消弭的个性、差异性以及特异的精神癖性。

1

张进步最新的这本诗集分为"菩萨是一阵细雨""意象戏剧""世界和它闪光的部分"以及"秋夜七弦"四个小辑。单从题目来看，风格和内质的跨度就很大，也约略可见一个诗人的精神体量和襟怀，"我在我不曾活过的地方写诗"（《雨》）。尤其是《岛屿七章》这样的诗在文体意识上还具有一定的创造力和发现精神，诗人已经在"诗"与"非诗""反诗"之间跨出了极为可贵的一步。这既是诗学层面的，也是精神修为意义上的，正如"词与物"以及肌质和构架不可二分一样，"从哪一刻起，他从陆地的一部分变成了独立的碎片？激烈地动荡了许久之后，他终于坐了下来，坐成为一座岛屿。／如果仅仅为此，并不值得在大海的波涛上铺陈，也不值得在天空的云锦上书写。唯一值得提起的仍是那白色的盐：用煎熬，把无色的逝水状的时间凝固成了纪念碑"（《岛屿七章·七》）。

在人世变迁、世事莫名中诗歌犹如朝自己走来的信使，它不可或缺，分解着孤独或忧伤，诗人也不断得以自我确认、辩解，"我只能做一名抒情诗人了／我必须在那一封封信里向你坦白／可是说起来你大概不信／我拥有了一座环形山的孤独"（《信》），"并无地址，亦无署名／唯一的信息：火焰封缄纸张的烙印"（《烙印》），"火：黑暗中的邮差／在风里忽明忽暗地传递"（《清明》）。从"诗歌之真"来说，诗歌的最大功能就是最为直接地面向诗人自我的精神渊薮，多层次地揭示自我的复杂性甚至矛盾性。诗人的自我并不应该是封闭的、沉溺的，而应是通过自我和诗歌打通了环境、生活甚至整个世界的内在要义并留下清晰的精神刻度。只有明晓了这一点，我们才能真正进入到一个诗人的文本以及精神世界，才能在修辞化的语言空间与喜忧参半的灵魂相遇。

张进步的诗让我想到古人所说的一句话："看诗须着金刚眼睛。"对于诗人而言，他的第一要义就是要维护诗性的真，维系自我记忆的原点和精神的自足，尽管这个世界更多的时候是残破的、不完美的。是的，真正的诗人就是要像扎加耶夫斯基或伟大的杜甫那样"尝试赞美这残缺的世界"，他要在第一时间、第一现场充任存在场域中"调音师"的角色，"雨声和雨声的间隔／越来越久，久到／二十多年后的这个清晨／四声杜鹃依然在叫"（《四声杜鹃》）。这正是"世事沧桑话鸣鸟"。

2

大体来看，张进步的诗细腻、幽微而又留出了诸多的缝隙、孔洞乃至空白，在根底上他仍然具有"抒情诗人"的基因，比如诗中闪现的高山、树冠、夏夜、星空、杜鹃、杜甫、王维，等等。当然，"抒情"在张进步这里更多带有反讽和自嘲的性质，"抒情空间"和"四声杜鹃"的鸣唱将很快被小区的阳台、玻璃幕墙的办公室、滚沸的京通快速路、幽暗的地下车库，以及喧嚣的尘世所淹没。甚至其中不乏酷烈的戏剧化的场景，"两个陌生人从我的窗外走过／头也不回地走向永别。／只有他们的影子／在阳光下／短暂地重合过一次"（《早晨》）。

张进步与同时代人一样时时处于流动的液态社会空间之中，在类似于胶囊的现代化交通工具的轰鸣声中高速度的"景观之诗"也因此而发生，比如《旅途》《G90 次列车》《夜班列车》等诗作。这是开放而又禁闭的时刻，是快速搬运而又眩晕、压抑、焦虑的时刻，是凝视和沉思的表情被即时性取消的碎片时刻——

> 从 18 点 26 分
> 到 22 点 52 分
> 天空的盖子打开过一次
> 又缓缓地拧上了。

——《G90 次列车》

当年的杜甫是在大山大川、大江大河间羁旅漂泊，如动荡的鸥鸟，如丧家之犬，百年多病之际时间的寒流滚滚袭来。今天的诗人则是在飞机、高铁和车厢茫然地与"世界"短暂相逢，而自我和个体主体性却一次次消解于无形，"我的胸口火烧火燎的 / 我的头颅昏昏沉沉的 / 于是我灌下了一罐浓黑的液体 / 又对着天空长长地吐了口浊气"（《夜班列车》）。急驰的、昏聩的"城市夜歌"中凝视的诗学已不复存在，电子般的碎片生活持续发烫，一切都在重金属持续的噪音之中，犹如倒挂的蝙蝠般的游荡的城市抒情诗人再次诞生，"这个拥有全息雷达的心形动物 / 总能在黑暗中轻易地捕获 / 最轻微的颤抖。/ 随后我发出叫声：没有人能凭空听到"（《蝙蝠》）。

我们由此注意到在高速运转的城市化空间和速度景观中，张进步试图按捺住狂躁、困顿、焦虑和紧张。他尝试一次次把"金属外壳"脱掉，于是我们又遇到了一个卡夫卡式的巨大甲虫，"早晨城市蓝灰色的清冷气流／顺着我的鱼鳃灌了进来"（《此刻》）。城市是金属阵列和玻璃幕墙构筑的"大海"，人们必须泅渡。与此相应，夹杂其间的自然空间、文化空间以及私人的精神空间就成为类似于此岸和彼岸之间的独木桥或独木舟，用以涉渡、宽慰和自救。在异化和悖论的精神境遇下，张进步只能是一个有着白日梦情结的城市大海中的骑鲸者——

　　我骑着它出海，但永远
　　不会骑它去看日出。
　　当远天刚刚露出柔软的鱼肚白
　　杀戮就开始了：

　　白昼是一艘捕鲸船。

——《鲸鱼》

城市时间急需要自然时间和心灵时间的调剂和补偿。

在《雨》《出伏记》《雨后的蜻蜓》《暴风雨》《雨水之章》《七月最后一天，在香山》《在大运河上乘船》《雨中的痕迹学研究》等诗中，张进步为我们制造了一场场或大或小、或疾或缓的雨。当这些雨一次次在张进步的诗中降临的时候，我们感受到的恰恰是自然时间与季节更迭中一场场的不大不小的个体精神气象学的事件以及寓言般的启示效果。甚至张进步在直接以雨滴的视角来参与这一精神应激的过程之中，"在那个白昼，我滴落 / 沿着夏季滚烫的肉体 / 因为无法控制滴落的速度 / 我只能用湿润的眼睛看着这个世界 / 于是我认出了那只黑猫：永恒的一部分 / 于是我看到了黑猫露出的白色肚皮：短暂的一部分"（《雨》）。

与此相应的情形是张进步对时间节点、四季轮回以及自然物象非常敏感 —— 甚至有些过敏，于是"暮春""春日""春天""清明""四月""初夏""夏日""盛夏""出伏""七月""初秋""秋日""秋夜""深秋""寒夜""冬日""冬夜""大寒节"

等极其频繁汇聚于他的诗歌词汇表当中。诗人染上了"季节病"和"万古愁","我在黑暗中坐了很久"（《冬夜独坐》），因此张进步也成为了黑夜中的猫科动物，"黑夜，放大了我的瞳孔／我踮着脚尖，黏稠的空气／令我焦虑，我开始／模仿风声，模仿发动机声"（《猫》）。"秋夜七弦"组诗是这方面的代表作，大体而言它们抒写沉稳、诗体自律（都是七行诗），而又具有大幅度的精神跨度和语体意识。确实，诗的生成有时总是伴有不可解的神秘主义成分和不可控的因素的，这是难以尽言的时刻。是的，"这天晚上，一定有什么在召唤我"……

这是一个仍然保持了"远眺""登高"姿态的诗人，"我并不十分了解那座山和那些云的来处／但也不至于毫无头绪。我沿着杜甫留下的／那几行平平仄仄的脚印探访山岳"（《杜甫和近来的山岳》）。但是，"当代杜甫"们已然被封闭在闷罐车般的速度景观中，他的瞳孔如猫的瞳孔一样放大，但结果却往往于事无补……

张进步对遥远之物和切近之物保持了等量齐观般的关注、凝视和思忖，诗歌的精神能见度与思想载力因此得以提升，人类的终极问题也一次次走到前台，"我登上野外一座小小的土山／松风阵阵，松树发出预言：/ '一百年内你们都将沉默 / 你们不能说的，请让我们 / 用风的嗓子说出来……'"（《沉默》）。自然之声应和着血液的潮汐和灵魂的起伏，自然的物象也对应于心象和精神渊薮的一次次波动。

> 我在一棵松树前认出了自己
> 并决定不再对肉身中的这条命
> 报以无尽的苛求
>
> ——《在香山玉华寺前》

当"此刻"与"多年前"不断重逢，这就印证了诗人必须正视时间碾压过程中日益耗损的身体、自我以及孤独，这是一个我与另一个我或他者跨越时间区隔的相遇、对视、互否或辩难。

在世界和诗歌面前，具有发现能力的诗人必须提供崭新的词条。在城市化的盲盒式的黑夜和金属骨骼的现代性时间中诗人需要保持那闪光的部分并保持秋虫般的歌唱。他们的发声类似于杜甫或黑猫，他们以骑鲸者的怪异形象擦亮了词语和自我，而他们的表情有着浓重得化不开的夜色中游荡者和巡夜人的忧郁……

但这个深夜，我从一行行文字的街道上转过身，一遍一遍地巡视着眼前这个魁梧的满腹诗书的长出了裂纹并喊痛的家具：

谁！是谁在暗中偷偷抡着小锤，无时无刻不在敲打……

——《巡夜人》

2022 年 8 月 16 日深夜完稿，17 日改定

X

有抱负的诗人
应当写得更芜杂一些

（代自序）

一

巨鲸兄：

自去年秋深以来，好久不曾收到你的信了。当然，起因是我不曾回信在先。我也并非刻意要不回你的信，实在是我当时心中主意不定，便无法付诸语言，还请见谅。

你的诗歌写作道路，发轫于草莽，鱼跃于江湖，今已蔚为大观。只要是写诗的年轻人，无不视之为"先锋"，无不视之为"大道"，而争相跟从。你的诗歌写作理论，我也已深味，摧枯拉朽，横扫其它一切可能之后，更是代表了正确的方向。

但请恕我直言，我所感到不安的，我所拿不定主意的，也正是这种"先锋"，这种"大道"和这种"正确"。

我这人有些奇怪，总是爱犹疑，爱抵触，总是爱走在一些偏僻的小路上。当你说这个就是好的，那我就会觉得这个好也许真是好，但肯定不是我的好。

这种情况，在其它事情上都还好办些，都还容易妥协。唯独一到写诗，我就完全开始变得任性，想怎么写就怎么写，几至于不成章法：这里长着几棵树，开着一片野花，群蜂驾驶着肉身轰然飞行；那里却突然就是一堆废弃的塑料垃圾制品了。这种东一榔头，西一棒槌的写作，当然在行家们看来，也就难入法眼。

但我终究主意已定，我已不准备改了。在写作上，我唯一遵循的，就是听从自己的内心。每个人都要在自己的灵魂底色上写诗。我越来越知道自己是什么样的人，也就越来越看不懂自己。这种看不懂意味着，我不可能写一种标准的作品。因此我对正确、大道、先锋都充满疑虑。这并不代表我反对，只是我不准备这么写。

事实上，我不知道我应该怎么写。这个事情就只能先谈到这里了。

巨鲸兄，纵横于沧海，在宇宙间遨游，鲲鹏异象，奔跃于白云苍狗之间，应该很快意吧？

可惜的是，自几亿年前，我从沧海之中爬上岸来，之后我就走上了另外的一条道路。

> 当我从那茫茫之中爬上岸来，几亿年过去了，我还坐在进化论的树荫下，打着瞌睡：我抛弃了一些，又得到一些；我来到茂密的丛林，融入众生之中；我走向宽广的地平线，并再一次回到以一生为园囿的孤独。
>
> ——《岛屿七章·五》

此刻又已入秋，当我写到这里的时候，在我窗户的纱网下方，落着一枚"枯叶"，我本想把它捡起来丢掉，一伸手才发现那竟是一只蝴蝶，它飞了起来。

XIII

二

在一九七〇年幽暗的天空下，年老的大师埃兹拉·庞德神色黯然。

这一年他的毕生之作《诗章》终于大致完成，合成为一本，结集出版。但这部伟大合集的最后一部分，却是以"草稿"的形式存在的。在他生命的最后几年，他写的"诗章"杂乱而片断。他用尽一生努力，所推崇和践行的"儒家思想"，在这最后的时光，在他的诗里，竟然变得不再那么重要了。

在人生的暮年，庞德对自己的作品是否充满了质疑？渊深博大的诗人，在最终审视自己作品的时候，究竟怀着的是怎样的一种心情？

不管那是怎样一种心情，但肯定不是踌躇满志。生命的最后十年，庞德都很少跟人讲话，写作的量也少了。

在最后的《诗章》中，大师带着一种令人同情的沮丧：

亲爱的，亲爱的

　　　我爱什么

　　　　你在哪里？

我与世界争斗时

　　　失去了我的中心

一个个梦想碰得粉碎

　　　　撒得到处都是——

而我曾试图建立一个地上的

　　　　　乐园。

这时候的诗人已经 85 岁高龄，因为众所周知的原因，他在比萨培训中心（军事管制监狱）和精神病院待了很多年。疾病的折磨就不用说了，更严重的是诗人此刻的沮丧心情。这种心情肯定不仅仅是来自对自我经历的反思，肯定也有来自对自己作品的质疑吧。

从意象派出现之日起，对于这种写作的质疑就一直不断。有人认为意象派的这种写作只流于表面的描述，过于简单，没有深度。这是当时不少评论家对于意象派诗歌的评价。当然也有刻薄无知的人，认为庞德从来没有写出过一行好诗。在诗人精力充沛、灵感永远不断降临的那个黄金年代，诗人对于这样的质疑自然是不屑一顾的。他清楚地知道自己写得庞杂而又不同。

XV

但到了暮年，再回过头来看自己的写作时，诗人就难免对于自己这未竟的事业充满了怀疑。在最后的诗章中，一篇篇草稿，一首首断章，就来自于这种疑虑，从既往那种"宏大的叙事"中逃逸出来，以不在诗人计划中的形式被集结在了一起。

1972 年，庞德去世，之前没有收入《诗章》中的一些片断的诗，也被收入进来，组成了《诗章》最后的结尾部分，名为《草稿与片断》。

赵毅衡在《儒者庞德》中评价《草稿与片断》这个不在庞德意料和计划中的《诗章》结尾时说："这个结尾，如冲破大坝的洪水，化为无数瀑布和急流，每个支流规模都变小了，但可能此时方才显出诗歌的自在状态。"

三

去年底，我开始准备出版自己的这本诗集《我，一个驾驶蝴蝶的人》。今年 3 月，我开始着手为这部新诗集写序言。连续写了几次之后，我放弃了。因为当我在那篇序言里，刚刚写了几行写诗的"理论"，我马上就发现它已经失效了。在诗面前，没有任何理论是有用的。因为诗是如此庞杂，如此丰富，当你开始谈诗，你谈到的只能是诗的一些个细节。

这时候我才想起博尔赫斯的一句话：

"我只会写诗，写故事。我没有理论。真的，我觉得理论没有什么用处。"

大师说这个话可以，也许是自谦之词，但我们并不能认为理论真的没有用处。只是在面对如此浩瀚博大，如此无穷无尽的诗歌疆土的时候，我们真的需要更谨慎一些，轻易不要给诗下一个固有的定义，更不要让自己的写作在某种固定审美的范围里止步不前，有抱负的诗人应当写得更芜杂一些。

既然说到博尔赫斯，他还有流传更广的一句关于诗的话，我们可以说一说。

在《博尔赫斯谈话录》中，谈到惠特曼的诗的时候，博尔赫斯有一段话：

> 希尔瓦娜·奥坎波对我说过，一个诗人需要坏诗，否则好诗就显不出来。当时我们正谈论着莎士比亚。我说他有许多败笔。她说："这很好。一个诗人应该有败笔。"

XVII

只有二流诗人才只写好诗。你应当写坏诗，
我说这话并非不礼貌。

我不知道这段话中是否有调侃的成分，一个诗人
必须写出坏诗才能让自己的好诗跳出来，显得更
好。但这里面"只有二流诗人才只写好诗"这句
话流传甚广。我们或许可以对此进行更多的解读，
为什么"只写好诗"的是"二流诗人"？我觉得
这里面包含着更多意味深长的东西。首先当我们
说到好诗的时候，肯定要有一个标准，到底什么
是好诗？那我们关于好诗的定义，一定是基于现
在的，而于现在这个时间点上，我们评价的标准，
当然是来自于现在我们读到的经典，和因此而形
成的美学标准。这就不难理解了，我们说的好，
往往都有某种固定的标准。而"坏诗"，因为不
符合这种固定的标准，反而充满了更多的可能性。

庞德也说："蹩脚的批评家们执迷于陈旧的术语，
这些术语往往原是用来描述公元前三百年以前发
生的事情。"又说："二流作家常常试图写一
些作品来填补他们所处文坛的某些类别或术语的
空白。"

那我们应该怎么办呢？

XVIII

反正我是不准备在这样的标准里给自己设置藩篱了。我只能遵循自己的内心去写，在自己灵魂的底色上写诗，写芜杂的诗，越芜杂越接近一片森林，而不是花圃。

2022 年 8 月 20 日

辑

一

菩萨是一阵细雨

那时我正从时间里醒来——偶尔

我在我不曾活过的地方写诗，一首多孔的诗

我是手艺人，我为风制作乐器。

——《雨》

信

每当爬上一座高山，我就想写一封信
用在山顶看到的树冠的笔锋
写给谁呢？写给三亿年前的星星吧
其余的事物早已远去

我总是语焉不详，请你原谅
我总是把信分行，也请你原谅
在没有道路的时候，我不得不为自己
写出一条条分行的小路

我只能做一名抒情诗人了
我必须在那一封封信里向你坦白
可是说起来你大概不信
我拥有了一座环形山的孤独

(2022.3.26)

烙印

我庆幸在我十三岁那年看到了满天繁星
此后我的一生都在描摹。
我庆幸那年的蝉声曾点亮一盏盏夏夜的窗口
同时点亮的，有一盏是我的眼睛。
让我抬头就看到
燃烧的石头，从此我开始在夜空低飞
我的航班总是准时到达，反复寄送的却是同一封信
并无地址，亦无署名
唯一的信息：火焰封缄纸张的烙印

(2022.4.21)

盛夏

细雨中，我走进盛夏的园林
法国梧桐挥舞叶子同我击掌
槐树叶、海棠叶，以及众多叫不上名字的树叶
用一枚枚椭圆形的眼睛在微风里闪烁
我刚与她们悄悄对视了一下：

一颗颗红色的小桃
在六月的胸腔里
怦怦乱跳。

(2021.6.14)

4

早晨

早晨，喜鹊拧亮了
太阳的灯盏。
我又一次打开通宵未合眼的窗户：
两个陌生人从我的窗外走过
头也不回地走向永别。
只有他们的影子
在阳光下
短暂地重合过一次。

(2021.5.27)

世界

我在小区的天台上打八段锦
第一式：双手托天理三焦。
老天似乎误会了我的意思
以为我在祈雨，沙沙的小雨
开始敲打我身旁的一棵柿子树
我慢下来，跟随枝叶摇摆的方向
打出了第二式：左右开弓似射雕。
雨水仿佛大雕的羽毛，纷纷飘落
我只好站到了那棵树下，好久
不曾这么近距离观察一棵树了
一片叶子上，一只比蚂蚁还小的黑虫
沿着叶脉的道路不断地走走停停
雨滴的湖泊偶尔也会令它迟疑
但在大方向上它却从不曾偏离
我看向它要到达的目的地：
一枚刚刚长出来的青柿子
在巨大的花萼上模糊地呈现。
雨水一凿一凿地轻轻敲打着它：
一尊从柿树上即将诞生的小小佛像。

(2021.5.31)

四声杜鹃

连续几夜，四声杜鹃在叫
初夏的密林应和着
并为我空出一条漆黑的道路：
蛙声、蝉鸣、少年墙上的挂钟
一个接一个地渐次鸣响
声音与声音之间
交织成为迷宫。
而阵雨一次又一次地打在
窗外枝叶上的声音
便在那座迷宫上空
隔一阵儿，奏响一次。
雨声和雨声的间隔
越来越久，久到
二十多年后的这个清晨
四声杜鹃依然在叫。
树木，那一眼眼大地上绿色的喷泉
依然孤独孤独地叫喊着向上涌出。
这时候风从某个遥远的地方吹来
一棵棵绿泉便随着那种音乐起舞。

(2021.5.31)

7

大楼

我突然听到吟唱
在一个风声大作的夏日
呜呜的低鸣从莽荒而来
从一管巨兽骨骸制成的笛子而来。
但这一切的源头不过是
我于昨夜忘记关掉的那扇窗。
当我此刻坐在多风的北方
阴云下那一管管多孔的楼宇
屏息静气，收敛着自己内心的颤栗。
与此同时，南方的岛屿上
我曾在多年前某个夏夜遇见的那栋大楼
还以骨架的形式挺立在海边。
当海风鼓动着巨翼袭来
月光下的它便开始拉响警报：
在这个千疮百孔的尘世
我们一次次呼叫又一次次静默。

(2021.5.31)

玻璃阳台

我在阳台上躺着
初夏的阳光透过玻璃
照进来，但不是全部
还是有一些阳光
停留在了玻璃上
嬉戏。浮光跃金
这一片玻璃的大海
托举着一个正在
用想象遨游的我

(2021.5.4)

9

月痕

此夜有月：按在天上的
一枚手印。
我伸出食指
夜空展开长卷
每一颗星星
都暗含律法。

(2021.6.27)

10

夏日园林记

微风中，夏日落座，与我对谈
并命令盛大的园林列队
作为接受检阅的仪仗：

一树又一树的果实已经准备好了
绿色的苹果对偶红色的小桃
即将献上的是夏日之甘甜。
早已戴上花萼王冠的青柿子也准备好了
马上登场的是夏日之威严。

同样准备好了的，是那
一池又一池涌动着的命运：
青黑色的野鱼群正在擘画着
时大时小的粼粼版图。

而一只只小青蛙
刚刚褪掉颤音状的尾巴
终于能一屁股坐上水面的石头椅子了
开始为那场命中注定的音乐会
养精蓄锐。

(2021.6.30)

此刻

清晨四点零五分
京通快速，自东向西
一尾金属外壳的游鱼
沿着青黑色的河道快速潜行

公交车道的规则无效
应急车道的规则有效
超速将会受到惩罚
变道一定要左右观察

这是一条人的河流
一天将从深夜开始
在人所画下的第四个刻度
到第五个刻度之间：

一个难得的能把握住
自己灵魂方向盘的时刻
我打开驾驶室两侧的窗玻璃
早晨城市蓝灰色的清冷气流

顺着我的鱼鳃灌了进来。

(2021.6.27)

7月4日夜

乌蓝色的夜空
突然向我敞开
那是完全超出我理解的世界：
一面照不出影子的镜子。

星辰：眼前这面镜子里的模糊隐喻
飞机：一道无主的影子正在偷渡
——跨过镜面变成了实体。

(2021.7.4)

13

夏日

停好车
我从地下车库爬上地面
看到有老人带着小孩
在小区的花园里捉金蝉

悚然一惊，才马上意识到
我刚刚在地下
已经把那个金属外壳
蜕掉了

(2021.7.2)

雨

在一个夏季，我滴落
擦过黑夜长满绒毛的身体
只因为滴落的速度太快
当时我并不曾认出这个世界
但我看到了它，一只巨大的黑猫
趴在时间里酣睡。后来
黑猫翻动身体，露出白色的肚皮：

在那个白昼，我滴落
沿着夏季滚烫的肉体
因为无法控制滴落的速度
我只能用湿润的眼睛看着这个世界
于是我认出了那只黑猫：永恒的一部分
于是我看到了黑猫露出的白色肚皮：短暂的一部分
那时我正从时间里醒来 —— 偶尔
我在我不曾活过的地方写诗，一首多孔的诗
我是手艺人，我为风制作乐器。

(2021.7.29)

在大运河上乘船

天空昨夜刚给这条河送来过一场暴雨
在这崭新的一天，又给它带来了混血的蓝
即便如此，天空还是天空，河水仍是河水
两者界限分明，被一条窄窄的人间隔开

也许是担心人间正变得越来越狭隘
远处的青山用上了所有的力气：把天撑高一点儿
再高一点儿。但他们终究是首都的大山
无论如何都不好意思削尖了自己的脑袋：
一笔笔柔和的曲线勾勒出浓淡相间的墨色。

等天色逐渐暗了下来，所有人类的大师便都失效了
野鸭大师在水上刻画的细节明显更为精妙
夕阳大师所运用的颜色也显然更加完美
就连刚放暑假的微风都拿起了笔，在水面画鳞
噢，整条河都开始摇头摆尾。

一艘刷着红漆的大铁鱼也在傍晚的细波浪中穿行
经过几千年的虚构：把越来越沉重巨大的内心
挖空，令其漂浮，从而一步步涉足于未知的领域
——此时我正坐在整个人类的想象上……

(2021.7.31)

16

暴风雨

如果让你说起这场暴雨，你将会
从哪个角度开始讲述。
我先说我此刻的角度，一路向西
驾着一辆雪弗兰，而不是白龙马
此时此刻，雨水在我的车窗玻璃上
撒豆成兵。我在去往办公室的途中
这是一个夏季，暴雨早已酿成大祸
我们其实无法从任何角度开始讲述
我们个个沉默：一扇扇在暴风雨中闭紧的玻璃窗

(2021.7.29)

七月最后一天，在香山

连日暴雨，登山无路
我在皇帝山脚下看荷花
说是看荷花，也看了蘋草和菖蒲
看山看水看七月最后一天的天气：
凉亭做证，烈日投下了阴影。

微风借着荷花含苞的身体向我抱拳作揖
白色蝴蝶正在进行夏日的例行巡视
七月最后一天，适合在山间隐居
我走进被山林遮蔽的小径
无意中闯入了红蜻蜓的气象会议。

(2021.7.31)

18

七月最后一天，在子午峪

整个七月，我没有要说的话
我已经说得太多了，在办公室的齿轮上
摩擦，摩擦出各种各样的声音

只有在野生的草莽间
我愿意发出声响，但是已有人为我代言
蝉在七月也确实说得太多了

我逆着溪水流淌的方向前往一个道观
如果都是为了安放性命，溪水和我
为什么要走在截然相反的两个方向上

(2022.7.31)

在香山玉华寺前

我在一棵松树前认出了自己
并决定不再对肉身中的这条命
报以无尽的苛求：松树伸出了绿色的琴弦
鸟雀的音符跳动于其间，在拨弄万物的风里。

(2021.8.4)

凉风

只有这样的夜晚
凉风才会吹拂：
灯火零落，但永远有灯亮着。

与我相同或不同的生命
和我同在这个世上运用着加减法。
仿佛一不小心
我们就能听到
按动计算器的声音：
灯火是屏幕上明灭的数字。

那些大楼的轮廓
多像一个个生活的公式
在夜色里潜藏。

但这一切都不是凉风
应该关心的事情了。
和天上那轮混沌的月球一样，也和此夜
蟋蟀们微弱的琴声一样
在这个中元节的晚上，秋天影影绰绰。

我静静地坐在南楼的窗前
感觉自己正在用跳动的心脏
一槌一槌地慢慢敲打着
这个略显沉默的宇宙。

(2021.8.22)

出伏记

后半夜，雨后的机器终于启动了：
青蛙和蟋蟀，争夺时光的两种轰鸣之物
一种企图留住夏天，另一种
则试图把秋天打开。秋天也确实被打开了：
这一瓶凉爽的气泡酒，在被秋风剧烈晃动之后
"砰"的一声喷上了高远的天空，又洒落在
树林、池塘、楼宇、草坪，以及所有
尚未来得及撑开雨伞的行人的心头。

(2021.8.20)

雨后的蜻蜓

当蓝顶的房子开始照耀大地
夏天的词汇量就已不多了。
一群雨后的蜻蜓：夏天最后一次
使用的省略号，一会儿插在花枝上
一会儿插在水面上，一会儿
又插在车的前挡风玻璃上。

它们在寻找一个瓶子
瓶里灌满了清水，但只养活了
一截枯枝：一群探索者的最终栖息地。
只活了一个夏天的探索者
请不要总用得道者的口气说话。

(2021.8.29)

24

初夏：树叶的闪光

天空骑着远处教堂的钟声
很多次，我听到那坐骑
甩着悠扬的尾巴，正在赶来

此刻：
有鸽子撒满天空
仿佛天花乱坠

风不停地摩擦树叶
夏天到了，被点亮的事物越来越多
我心如矿苗，暗暗祈祷

(2022.5.4)

公园

一轮圆月撑开在树丛上方
交错的藻荇中举起一片荷叶
几条人影，在其下游晃

(2022.5.15)

四月三十日的十四行

五月，树木将举行加冠礼
此刻已是他们成年前的
最后时分：在这个临界点，在这个前夕
风比往常更为放肆

这不难理解：五月，夏季将至
谁不想庆祝一番？喝得
摇摇晃晃，一吐胸中块垒
那就碰杯吧！跟眼前这樽波光粼粼的池塘

那就碰杯吧！在这个反复无常的四月
那就碰杯吧！当乔木们端起了红酒杯
那就碰杯吧！当灌木们端起了啤酒杯
那就碰杯吧！当野花们端起了白酒杯

在他们身后，紧密的楼群
蜂箱一样陈列。

(2022.4.30)

27

暮春街头的迷失之诗

在春天的一个丁字路口
我迷失了：我钉不进去。
红灯，夕阳的人间版本
绿灯，春色的塑料道具
我，一个驾驶蝴蝶的人。

(2022.3.25)

春日短章

像泉水流过，留下的是无形的事业
你打开了一扇窗，供我远眺春日：
一种宏大的构思，一台精密的仪器。

但在近处，我不得不在季节病中
接受春日的馈赠：过敏就是过于敏捷
像泉水流过，仿佛从来不存在这种泉水。

(2022.3.31)

29

这个春天

与春天一起到来的是各种各样的事物
当然不可能只有草木冒出了新芽
我在念诵《心经》中入睡。三月底的空气
抽出了万物的鞭子，从我身体里抽出的
那一根，仿佛同时抽出了一条火辣辣的小路

三月底的空气，抽响了万物的鞭子
我的心同样发出了声音，比那鞭声更响
我看到一棵桃树在风中任性地晃动自己
有那么一个瞬间，我以为我们都被
大风摇动着，只是我想努力站稳身形

我不是那棵树。在风里，我无法像一棵树
那样肆意地抛撒花朵。在生命的丛林里
我紧张地想要抓住必将飘零的一切，当然
焦虑轰响着到来，像一场又急又乱的暴雨
我无法入眠，我念诵《心经》，但又不寻求意义

我身体里被抽出的那条小路长满了荒草
我用观自在的方式去梳理它们，菩萨
是一阵细雨：有无数根梳齿，令枝叶清晰
这个春天各种各样的事物都发出了新芽
生活的谜底止于杂花生树，群莺乱飞

(2022.3.29)

苹果树

再一次，暖风唤醒了沉睡的幽灵
我完全明白：我不是第一次来到这里
和这个园林，和园子里的每棵树每片叶子一样。
我从往日的笔记中翻出鸟鸣，翻出果实
翻出一枚枚树叶闪烁的眼睛，她正羞涩地回顾我
我开始写下新的一章，就从这个春天的苹果树：

我一次又一次地打那些苹果树下走过
出席并观看他们洁白的婚礼，宛如梦幻
后来也见证他们诞下子嗣：那些绿色的孩子
出生时头戴皇冠，在未来的风雨中注定要失落
——皇冠将变成隐秘的伤口，也必将有人
把那伤口称为肚脐：一切酸涩和甜蜜皆随之而起。

(2022.4.22)

初秋早晨偶见

从我的窗口望出去
绿莽莽的一片：连绵的树木和草坪
一些楼房：红色、浅黄、淡蓝，撒落在绿色里面
在这个雨后阴郁的早晨
不断地飞来一群群白色的鸟
它们在那些鲜艳的楼顶上起落、盘旋
翩然舞动的姿势，不像鸟
倒像是一群无所适从的白蝴蝶，在秋日里
忧心着这一栋栋人类文明绽放的花朵

(2021.8.31)

季节的变奏

蟋蟀的和弦：夏天的手机铃声，响起。
接起电话的夏天，压不住自己的火气：知了。知了。
刚挂断，那边蟋蟀的铃声又炸响：秋。秋。秋。秋。

(2021.8.31)

34

秋日登两髻山

人一旦与山相遇
人就想比山更高：
至少要高出一个人的高度。
好在我还没养成这样的臭毛病
我怕累：我慵懒、多汗，爱坐在树荫下发呆。

在两髻山，我边走边歇
路过山泉，摘了山枣，在腐草上
还遇到过两只用口水写作的
粉红色蛞蝓。
它们先后向我传递过如下消息：

"此山野性、神秘。"
字迹未消，一只青虫
就从我手中的山枣里爬了出来：
冲出了果壳，但没能冲出宇宙

能冲出宇宙的，或许只有山顶发电的风车
一轮一轮地，在虚空中画着光圈
众山众树众鸟众虫
都匍匐着
压低了声音。

(2021.9.21)

深秋十四行「四首」

秋色茫茫

一匹马正扬鬃飞逝。这是
深秋的一日，我被一个背影刺痛
所有的鸟儿声音暗哑
似乎忘掉了曾经的誓言

这样的一个词被野草接住
似乎空旷里正传出箫声
或者流泉呜咽。不必深究
苍茫暮色会把一切掩起

像随手关闭一扇柴扉
我转身走向历史深处。菊花
冷然一声长笑，扑棱棱
惊走那只疲惫的野雀

行走中，我把钥匙弄丢了
现在我看着木门无法回家

马匹

在我的前方，它们默默地
赶路。树间的疏影
是它们丢下的鞭子，悄悄地
抽打着时间的脊背

流水一样，它们不会停息
偶尔驻足旷野仰望天空
迷离的目光似有隐忧
但巨大的秘密深藏于心

像一朵花在没有开放之前凋谢
从来不露出花蕊。它们属于旷野
在我的心头一日千里
把鬃毛扬成飞翔的旗帜

在黄昏嘶鸣，它们会突然露出孤独
像一枚枚遗世独立的标点

寒夜

在一个季节的转身处，我
默默地伴着青灯。看
一只蛾子露出脆弱的内心
我知道爱会让它疯狂

风一吹，叶子就会敲打我
的窗。一只只失去爱情的蝴蝶
眼睁睁地看着飞鸟远去
巨大的黑暗就倾泻下来

古老的预言的手指拨动
弦声。在静寂的冷夜
墙壁发出坚硬的呼喊
这肯定是一句诗在诞生之初的

阵痛。孤独往往会于此时赶来
为我铺开灯下的纸张

风声

常常像伊人的脚步，轻轻
我沉湎于幻想已久。没有
注意到爱情身后的冷场
纷纷摇响清脆的铃铛

我的窗子会在午夜做梦
像个奇思异想的怪人
响声应该是它激动的心音
它听到了《诗经》中的关关雎鸠

和我所知道的如出一辙。我们
都是燃起大火的石头
痛苦在心中慢慢升温
看啊，现在我已对你说出秘密

仿佛细碎的银子和瓷器撒落
它们轻轻、轻轻地铺在我的床前

（2001 年，秋）

那些灯

即便是在一些特别晚的夜里
比如凌晨的两三点钟，三四点钟
当我醒来，也总有一些灯亮着
它们亮着 —— 为我而亮

即便是在那种特别孤独的时刻
它们也和我一样，孤独地醒着
仿佛一位位出题人，提问：
孤独和孤独相乘等于什么？

即便是在我回答不出
它们这个数学问题的夜里
那些灯仍然为我亮着，一盏又一盏
亮着，并把答案传给我

(2022.3.30)

清明

我用火寄了一封信
您用雨回信了：

我善意地理解大地上发生的一切。
草木为我萌发；花朵
为我开放又撒落；鸟群，为我在空中
一字一句地写作，供我阅读。

火：黑暗中的邮差
在风里忽明忽暗地传递。

(2022.4.4)

41

微风中，一棵杏树

一棵与我差不多高的杏树
比我还宽阔，当她伸开枝叶
也比我丰富：满树的花已开过
留下一粒粒青色的小杏
被微风牵引着，轻轻摆动

我突然震动起来
仿佛一口喑哑千年的老钟
认出了钟锤

(2022.4.30)

42

辑

二

◎

意象戏剧

这时我的脑袋里

钨丝滚烫

我也很明亮。

　　　　——《意象戏剧》

醉登弹子石观景台看两江交汇

夜色迷蒙
我已看不清江上的波澜

这世界何其荒芜
人类起伏如稗草

(2021.4.11)

旅途

铁轨两侧的楼宇
突然亮起了白色的琴键
与黑色的夜空错落呼应
我试着在车厢玻璃上弹了一下
人群鼾声四起

(2021.4.23)

G90 次列车

从 18 点 26 分
到 22 点 52 分
天空的盖子打开过一次
又缓缓地拧上了。

G90 次列车，一枚胶囊
从南至北投向城市的胃
车门一次次裂开
一个个人类分子
便溶化进了不同的街道。

站台上的指示牌：字母、数字
一些使用说明。列车每一次关闭
都会重新扎进幽暗的世界
并没有严格意义上的荒野
灯火已经到达了每一处。

终点站。我从标注着
北京西的站台走出来
穿过流动的人群
融入这个城市的毛细血管：

我当然知道我是有效的

但终究会带来什么影响

这时的我，还不太清楚

(2021.4.23)

49

意象戏剧

夜的铁幕
从四面八方合拢
越来越小，终于
合拢为一个黑色的机箱。
远远近近的灯火
以某种神秘的算法排列
但我此刻早已算不清楚
加之天空又闯入一架飞机
机翼上红灯闪烁
正与地面的灯火相乘
美妙的数值开始飙升。
这时我的脑袋里
钨丝滚烫
我也很明亮。

(2021.3.28)

夜班列车

我的胸口火烧火燎的
我的头颅昏昏沉沉的
于是我灌下了一罐浓黑的液体
又对着天空长长地吐了口浊气

黑夜：茫茫荒原
路灯：一条铁轨
同时在我眼前出现

我把手指按在键盘上
咣当咣当，咣当咣当

(2021.3.29)

51

城市

阳光太亮了
我坐在房间的玻璃窗后面
看到的外界一片模糊

大楼的轮廓
行道树的轮廓
河岸的轮廓
在阳光铺下的白纸上
被一笔一笔的阴影勾画出来

而街道像滚烫的枪管
车辆闪烁着呼啸的白光
突突突地射向远方

(2020.12.28)

冬日清晨远眺

冬日夜长：七点已过，天还没亮透
远天是通红的火光
我坐在客厅阳台，看天际的红色
一层又一层地向上消褪
与此同时，天之下那把青黑色的利器
也已经开始吐露出白色的锋芒：
那是青黑色的人间
正在淬冷水的人间

(2020.12.19)

绿萝之歌

当我的藤蔓植物
吐出一条条绿舌头
舔舐着这个下午的沉默
我便品尝到了
某种复杂的味道

我养的这一窝绿色小狗呀
总是喜欢在空气里
嗅来嗅去。现在它们
终于嗅到了如谜的生活
那混沌难明的气息
比甲醛更令人头痛。

(2020.11.30)

沙尘暴

因为沙尘暴

我困居家中

从落地窗玻璃看出去

外界一片浑浊

而"沙沙"的震动声告诉我

我正在水里

在水里的一只漂流瓶中

在这片汪洋大海

我被卷入激流

时代在我身上乱写乱画

我则负责

把这个时代的话

用最短的篇幅

传达。

(2021.3.28)

放牧春秋

隔着老远

我就看到一个人

在街边用力敲打

一棵樱花树

近了看清是个清洁工人

手持一根长杆

敲打着花树的树冠

花瓣们尖叫着

四处奔逃

他再拿起扫帚

把落在地上的花瓣

全部驱赶到一起

去年深秋

我就见过小区里的清洁工

拿着长杆敲打树上残留的叶子

那时我还好奇

他们在干什么

现在知道了
城市里不准放牧牛羊
人类已经开始
放牧树木

(2021.3.30)

南二环写生

蜷曲的街道和高架桥：一坨肠子
窝在城市腹部，散发着朽腐的气息
生活在这里的人大概不会这样认为
——有些东西闻起来臭吃起来却香

我只是过路人、浮游者
在这个春末驾车路过此地
街边树木们长出了各种颜色的牙齿
绿的，黄的，红的，细碎闪亮
慢慢地咀嚼着这个周末的上午

(2021.4.24)

蝙蝠

我决定循着日常写作的小路
进入那个幽暗的山洞。
我的那只倒挂在洞顶的小兽
于是被惊动，它张开翅膀画出陡峭的曲线。
这个拥有全息雷达的心形动物
总能在黑暗中轻易地捕获
最轻微的颤抖。
随后我发出叫声：没有人能凭空听到。

(2021.4.17)

59

乌云密布的时刻

移动的乌云：一块块装满种子的黑土地
我知道，很快雨水的根须就会扎下来
虽然我从未见过那些植物的枝干和叶子
但我看到过开满天空的星星的花骨朵

(2021.4.29)

60

冬夜独坐

我在黑暗中坐了很久
直到晨光从窗外透进来：

窗台下的绿萝
桌面上的铜钱草
把藤蔓和枝叶全都倾向我
仿佛我是黑暗中唯一的光源。

(2021.12.16)

老建筑

时钟突然打起了鼾声
年老的墙上爬满壁虎
这是谁的城堡？云游的蜘蛛
发现了问题的症结
它撒开网：

窗子张大嘴巴差点儿叫出声来。

（2001，冬）

白鱼

现在，下午是一条白鱼
静静地伏在我的面前
在时间浅浅的流水中
我不动，它也不动

（2002，冬）

雪花

它用耳朵和冬天对话
它旋转，慢慢丢掉声音
它亲吻，瞬间抛弃自己
它用身体说出情话，它对世界献上初夜

（2002，冬）

金箔·56

一朵花在基因里给自己设置了藩篱
它只能在这个范围里生长，最后它
长成了一朵花的形状

(2021.9.13)

金箔 · 57

我凝视着夜晚的大海
大海上的光影变幻难测
就像深渊，与我内心的深渊相对
我当警惕，不要养出恶龙

(2022.7.9)

金箔·61

昨天是黑天鹅
今天是白天鹅

玄关处的湖泊
魔法师的镜子

(2022.9.17)

金箔·62

夜晚，星星的宫殿
夜晚，灯火的展览馆
夜晚，光乘坐的列车车厢
夜晚，我一直在里面写作

(2022.9.19)

金箔·63

海鸥像蘑菇，长在
岸边的碎石上
海浪万年如一日地雕刻
陆地之朽木

(2023.1.20)

金箔 · 64

从殖民地撤退前夕
海浪用黄金的细沙
为自己建立了雕像
在它去过的每寸陆地上

(2023.1.22)

遥夜

夜晚，我放牧蜜蜂
灯火：一半含苞待放，另一半已露出花蕊

(2021.11.28)

冬日诗草

午后，冬日暖阳：一壶
刚温热的老酒。
我坐在暖气充足的室内
醺醺然，昏昏然：马上就要招架不住了
我的酒量最多三两，但这
灌向我的阳光
又何止一斤？此时我看到窗台下
养了多年的那几株兰花
一个个举起了小小的酒杯
帮我分担冬日殷勤的厚意

(2021.12.5)

石头

我想到楼下去寻找那块石头
与我隔着门铃的那一块
当然并非没有其它石头
现在就在我身旁，沉默着
暖气的血脉流动着，令它们
变成大楼的骨骼，变成活着的一部分
我想下楼，去寻找那块石头
我们存在于同一个时代
生活在相同的维度
当寒风给它覆上霜雪
它不动声色，像高高在上时那样
它是山的一部分，现在
仍保持着山的形状：
一座很小很小的山。

(2021.12.5)

2021 年 12 月 9 日晨

这就是冬日：黑夜在赖床
只要不掀开那层铅灰色的棉被
白昼就一直不会降临
所有的事情就要晚一些
才能到来。

我听见隔壁有人叹了口气
像一缕白烟散入窗外：这令人恍惚 ——
是不是正因为看见了窗外那些白茫茫的事物
才让人误认为是隔壁有人叹了口气？

总之一切仍在降临 ——
煎蛋的香气已经传来 ——
炉火用舌头舔着铅灰色的天空
用不了多久，太阳就会被端上来

这是冬日：早晨大雾弥漫
远处未熄的灯火如在彼岸
我发觉我在游动，于一座无尽的沧海

(2021.12.9)

74

沉默

我登上野外一座小小的土山
松风阵阵，松树发出预言：
"一百年内你们都将沉默
你们不能说的，请让我们
用风的嗓子说出来……"
于是它们开始建立自己的祭祀
一层飞檐重叠着另一层飞檐
从这座绿色的宫殿望出去，远远的
城市像一头怪兽，插满铁灰色楼宇

(2022.5.6)

猫

黑夜，放大了我的瞳孔
我踮着脚尖，黏稠的空气
令我焦虑，我开始
模仿风声，模仿发动机声
山林中的小型发动机 —— 呼呼，呜呜
盘旋的楼梯：一棵藤蔓交缠的大树
此刻我需要坐在树梢上想一些事情

黑夜：我放大了的瞳孔
一切事情都在我的视野之内
没有哪个人类不需要我的安慰
当我踮起脚尖，在那条直线上舞蹈
现在，我已平静下来
莽莽山林藏起了一场狂风
坐在黑暗的枝叶里，我用灵魂
同这世界谈着虚妄的生意

(2022.5.31)

76

雨中的痕迹学研究

离我的窗口数百米之外
像蘑菇一样，突然长出一群塔吊
在这个雨水淅沥的早晨
它们高高低低地沉默着，构成几个汉字
大概是谁昨夜摸黑写下的吧，笔画散乱
我努力辨认了几分钟
却终究一无所获。围观的楼群
放出几只飞鸟，仿佛交头接耳的低语

(2022.6.27)

司马台长城

在夜里，我的工作是采摘星星
在危楼上，在一截以险峻见称的古长城上
在一千三百年前的盛唐，在六百多年前的明代
或在此刻，我反复做着同样的工作：
在困境中摘下熟得最好的那枚果实

(2022.6.26)

78

杜甫和近来的山岳

近几日，我的胸口突然生出层层云雾
这可能跟最近生活压在我心头的那座山有关
我并不十分了解那座山和那些云的来处
但也不至于毫无头绪：我沿着杜甫留下的
那几行平平仄仄的脚印探访山岳
在有归鸟的地方筑巢。直到夜幕降临
割开阴阳和晨昏的那一刀
也掠过我的心头：头顶，星空訇然洞开
星星，那一枚枚明亮的果实悬挂在夜晚的树梢
当我爬上生活递给我的陡峭山峰，恰好举手可摘

(2022.6.27)

79

王维

一

我在灯下，草虫在鸣叫
草虫在窗外，我在读书
夜晚的阴影：院子里一直有果子随风坠落
我翻开你的书，翻开了一架时空穿梭机：
从一个独坐的秋夜到另一个独坐的秋夜

二

这个酷热的七月，我来过辋川
近距离观察了你门前的郁郁群山
并试图理解山鸟是怎样被
枪口一样的明月惊动
一千多年了，多少被这枪口击中的灵魂
曾经来过此处，在蓝田，在辋川
在你不曾留下的坟墓后面——造访一丛荒芜的艾草

(2021.8.29)

黄州 1081：东坡诞生

令人欣喜的是，仍然还有
东坡上的那一块荒地。
那是一方印章
丢落在众山冈之间
苏轼，当你捡起它的时候
那上面新的名字已为你刻好。
现在，只需你亲自来调和印泥
——用你的血液、骨髓和眼泪
以及后来那夜承天寺月下的竹柏影
在一起碾啊，磨啊
"咔"的一声盖在文学史上
好了先生，这就是您
笔画遒劲丰腴的大名。

(2021.1.31)

81

啄破蛋壳，水仙用绿色的尖喙

我欠水仙花一首诗
那是 2020 年春节前夕
有一盆水仙曾为我一个人凌空起舞
从此我欠所有的水仙
一首诗：在我欠下的众多诗中
这是即将啄破蛋壳的那一首

混沌的夜色正在笼罩
以每盏灯为内核
撑开了一个个蛋黄
夜晚就是一个蛋挨着一个蛋
一个蛋摞着一个蛋
我在其中的某个蛋黄深处
蜷着身体，写这首诗

在我的面前
一盆水仙的鳞茎，也以蛋的形态
一层一层地把自己
包裹着，在其内心
有一些名为"仙"的花朵
等待凌空飞舞

为了填满花盆中
这些水仙蛋
留出来的空白
白天我从小区的水池里
取来了七八枚鹅卵石
——并没有鹅在这些石头的卵中鸣叫
但有人能从这些石卵中
孵化出佛和万物的色相

我隐隐知道
还有一些别的秘密
在这些石头的蛋壳内部
等着孵化：在每个鹅卵
一般大的石头里
都有一座山孕育着。此刻

水仙已经用绿色的尖喙
啄破了蛋壳
我伸展了一下自己的身体
在眼前这盏灯光创造的蛋黄里
有些东西正在醒来

用一粒粒汉字的尖喙

噼里啪啦地敲啄着

混沌中的蛋壳上面

那隐隐约约的裂隙

(2021.12.29)

辑

三

世界和它闪光的部分

一天中最好的时分

海洋刚刚诞生：乌蓝色的大海

成群结队的星星在觅食

鲸鱼来了。

——《鲸鱼》

盲盒

大寒节那天，我的身体
以“寒”为题大做文章
向来被“内热”困扰的我又遭遇
立异标新的难题：持续的腰疼。
这令我困惑。与这种困惑相比
连恐惧都删繁就简了：
它们以一个个念头的形式
划过一道道闪电状的波纹。
从这座困惑的山头，再翻过三十九天
我就将到达不惑。果然，医生的诊断书
贡献了新词条：筋膜炎。
困惑因之减少，但新年的礼物
就像一个被误拆的盲盒
即便再不想要，你也得为此买单
并且你还不得不将它
丢进本来就乱糟糟的事物中间
时不时地它就会跳出来
命令你清理灰尘
命令你擦掉懊悔。

(2022.2.4)

世界和它闪光的部分

黄昏在闪光

太阳的摄像头

给灰蓝色的天空镀上了一层

跳跃的光影。

并排划过，几根电线

在城市上空静默着

看不到尽头。

我一直心存疑惑：难道它们的使命

就只是为了传输电流？

当几架飞机从空中曳尾游过

我看到了波动

是的，再平静的大海

也难免会有波痕

就和这些电线

在蓝色天空画下的那些波纹

一般无二。

当我想到这里，诗就再一次

向我举起了酒杯：

我为什么可以用诗

一次次消解

生活拍打过来的那一波波恶浪？

不是诗，是通过诗

这种工具

我打开了这个世界
折叠起来的
那种美。

(2022.1.16)

冬日清晨

只有在刚睡醒的那段时间
我才会注意到这样的事物：远处
有栋大楼的楼顶正在吐出白色的烟柱
我当然知道那是怎么回事
作为一个不抽烟的人
我同样常常拥有一些
烟雾缭绕的思绪，通常它们也像烟一样
当我观测到它们的时刻
太阳的红光已经从东边升起
并在点燃西边那群大楼的玻璃窗

(2021.12.12)

晴日记事

昨日阴，今日晴
大雾之后，万里无云
在客厅沙发上，我懒洋洋躺着
什么也不想管，什么也不想做
面前只一杯茶，此外一切皆无

浮生半日，谁也不能把我
从这片刻的清闲里叫醒——
这时，燃气灶上的烧水壶
却吹响了号角：这么滚烫的
生活，我不得不赶紧起身迎接

(2021.12.10)

醒来

经历了一天高烧不退的浑噩之后
2021 年 12 月 15 日夜里 1 点 30 分
我在黑暗中睁开了眼睛：重启完成了。
那些楼宇间漏出的灯火，街头交替的红绿灯
空中机翼闪烁的红光，以及无尽无量的未知光线
让我感觉安心：一切仍在有序地运行。
地球：一个黑盒子，无数黑盒子中
一个极小的黑盒子。这个极小的黑盒子
我刚探索了很小很小的一部分。

(2021.12.15)

当战争的消息从远方传来

从一棵栗树爆出的芽苞：绿色的信号弹
我意识到气候在变。虽然寒冷一如既往
但这些站在前线的哨兵决不会说谎。
和他们不同，大部分的时间我都在温暖的室内
透过玻璃窗观察外面的世界，听一听模糊的风声
瘟疫、谎言、战争都在那些风声里。
有些悲苦我也置身其中，另一些
我并不能完全感同身受，比如那些树
他们经历了什么，为了度过漫长的寒冬。

(2022.2.26)

星期天的神秘时刻

不是只有具体的事物才有效，有些
无法描绘之物，令我此刻慵懒但饱满。
我没有试图抓住任何东西去呈现它
它在这里，但它并不现身：这是一种戒律

我现在只是打算说一说眼前的存在 ——
窗内是成摞的书籍，包括我已经打开的这本：
"晨光用纤细的脚走进阁楼，好像镀金的舞者"
窗外，灯火在黑色的枝蔓上悬挂着，结成了
沉甸甸的果实。如果我想描述得更细致
可以说，其中有些果实还顶着未落的残花
也有一些果实垂向地面，成为甘美的象征

就在隔壁，饭菜已经做好。但我也不急于
走进厨房，走近餐桌。我沉溺于现在的一切
书房的顶灯撑开一片荷叶，我在它的荫蔽下
成为了静水中的那尾鱼，难得有不需要
奔波的时刻，如果张开嘴，我就能吐出一个个气泡：
这些缓缓上升的空气，映照出了这种感觉的部分影像

(2021.11.28)

傍晚

傍晚的太阳点燃了客厅的一面穿衣镜
在袘还没有成为夕阳之前：神明的手
颤抖着，为人间引火。我恰巧成为了
这个事件的见证者，如果把一个时代
也可以做成微缩景观的话。至少此刻
我满怀虔诚，我是站在神辉中的诗人
在黄昏扯来巨大的铁幕覆盖一切之前
总要有人见证过什么是明晃晃的事物

(2022.3.27)

新的一天深夜来访

我喝了一口茶，这口茶在深夜

有没有构成诗的理由？因为

我说的深夜，是一个仲夏的深夜

是从旧的一天刚刚跨过零点

进入新的一天的深夜 —— 我应该去睡觉了

这是不应该喝茶的深夜。可是

凉风那么清爽，吹散着燠热的白气

我喝了一口茶，浓郁的夜色

闪动着琥珀的光泽：我开始品尝

这崭新的一天。这刚刚到来的一天

似乎还带着已经消逝的事物的陈香

(2022.6.29)

97

巡夜人

莫名的，轻微的，身体上，灵魂上，时常感受到一些疼痛。
有时我也会从镜子里看上两眼：斑痕，细纹，仅此而已呀。
那个隔壁的诗人还秃顶了呢，那个明星的大白牙还是补的呢。
在身后这架木头书柜发出这声崩裂的闷响之前我深谙比较文学。
但这个深夜，我从一行行文字的街道上转过身，一遍一遍地
巡视着眼前这个魁梧的满腹诗书的长出了裂纹并喊痛的家具：

谁！是谁在暗中偷偷抡着小锤，无时无刻不在敲打……

(2022.4.24)

丁白村记忆

——给盛平

两个吃早饭的人相遇在
中午十二点的丁白村。
时光的小指，这微微弯曲的
意志，窃窃私语。白白的阳光下
落寞的木刻画，一端系着我的
过去式；另一端坐着喧闹
在有时落雨的檐下：青苔、黑斑。

（2002，冬）

新的一天平和地到来

一直以来　我觉得每一个人都不错
是他们放心地交给了我生活
或者哭　或者笑
或者在露水的早晨　我说的阳光的金箔
轻轻洒落　新的一天　平和地到来

（2003.4）

雨水之章

为了证明自己　那时我也对雨水抒情
那么多的好时光　跟我眉来眼去　一拍两散
只是　今夜雨水　淅淅沥沥　沥沥淅淅
像一只更漏　敲打着我的心　它旧了
——一件老瓷　失却了光泽　可还能响起回音？
那么深远的回音　有时是把雨伞　有时是个热吻
可我不要回音　也不要雨水　我需要一场睡眠
深沉的睡眠　今夜雨水　请饶恕我

（2004.10.5）

101

暗月之章

这时光让我噤若寒蝉　一群群飞散
这时光是暗月驱赶的麻雀　它飞散
不知何时才能重返　我盼望它重返
我盼望　在阴冷的气候中　我的盼望从未缺席
这暗月让我噤若寒蝉　它来回地绕着圈子
这暗月是跟随我的小兽　我看不见
只能让感觉之手轻轻抚摸它　它有时温顺
更多时候　我站在门外　它坐在幕内
那些风声鹤唳的旧时光 不伏贴地揪着我的头发 我的心
我一刻也不曾忘记　更不曾背叛
暗月　暗月　它轻轻摩挲我的脸
暗月　暗月　在许多夜晚　在今夜　我不曾看见

(2004.10)

102

待罪之章

打开混乱的内心　我接受一次审判

这不是第一次　当然　也不是最后的审判

在这个舞台上　我才刚刚伸展腰身

像一片叶子　刚刚画出脉络　谁说不是呢

那么多的叶子挨挨挤挤　争先恐后地占领生活

但这不是我的生活　也不是你的生活

生活仰面不语　给你我一个背影

在一次追赶公交车的途中　让人觉悟

但是此刻来临　我是说一次意外　一次脱轨

有人掩起内心　试图忘掉　试图明了

试图打破　试图禁锢　试图背叛　试图说服

那么多模糊的面孔　在林荫道的一个个拐角

一转身就不见了　你和我

难道会是一个两个三个例外　现在停止争论

还是回到这痛苦和欢乐交媾的私隐

既然已经发生　那请做好准备

为该承受的承受　把该抛弃的抛弃

让一切模糊的模糊　让一切鲜明的鲜明

让山高月小　让水落石出　让辽阔平原　让崎岖山路

现在停止争论　生活有时亮灯　我们时常熄火

(2004.10)

103

离开

顺手带上门　我离开夏天的大厅　这样说好吗
仿佛一颗灰尘　听起来是漂的　浮的或者动的　荡的
可还能怎样　我只好走开　并且永不回来
你知道　空的手里没有温度　事情是简单的
当夏天慢慢地锁上大门　我蝉蜕在树枝上
摇摆　动荡　漂浮　惊恐并且张开缝隙
为一丝风而惊涛骇浪　这是注定的　如果不能
停下来　可我已经停住了　难道不是吗
可我从没打算回来　难道曾经走过吗　一切不言而喻
我也从不擦掉眼泪　难道眼泪可以擦掉吗

(2003.5)

104

艾草散香

布满星斗的夜空滚落巨石
在湖水之滨。光芒上升
十万把剪刀割开黑色的秘密
这是我诚实的心境。玄虚散尽
必须说出我小小的阴谋：
我企图掳走一位姑娘的心。

野艾草在泥土中沉睡一冬
这个羞涩的小男人，你要承认
春天是你单恋的情人
骑着泥土的骏马，藏好梅花的伤口
大雪是思念的缘由。

举起拳头的桃花要做证人
在她娇小的拳头里也是火焰
点燃起来可以灼伤一个人的心
内里闪烁的阳春。艾草
成为爱情亮起的灯盏
散出苦涩的香味。我必须诚实地说出：
我爱上了一个人，她像春天的
第九个女儿，带着一身芳馨。

(2001)

葡萄情诗

像一个敛起翅膀的天使
你静卧在露水的心脏
黑葡萄的眼睛在秋夜睁开
把一小块石头静静地安放
隔着季节的芽苞蒙面不语

就让我沉默在一个夜里
像葡萄藏起果核，偷偷地
想一想你。和影子说说话
我拍了拍坚实的墙
忧虑像大海一样赶来

想回到内心的高度。从
另一个方向窥视
居于石头的位置我失去言辞
火焰在体内冲杀高举叛旗
四处逃散的血液把我颓废

每一个方位都是你！
一张大网从角落里无声袭来
我困顿其中细数春天
倒卧在荒芜之城
最后的理智把我送入咒语

(2001)

而鸟飞过

而鸟飞过
向晚的天空打开大门
一切都停了下来
听候时间的安排

而窗子洞开
风一声不吭地跌进来
而镜子关闭
整个世界陷入盲目

(2000)

下午，一朵云走过心情

目击夏天全部的隐私
下午。天空清澈见底
阳光深处：飞鸟的划痕
在触手可及处交织成掌纹

锁住一朵云的秘密
守在雨水藏身的马车里
我东张西望
哦，一个单身男人
偷偷开花的心情

大地上的众生走来走去
我俯下身子
蚁群正在搬运一年的粮食

(2000)

鲸鱼

一天中最好的时分
海洋刚刚诞生：乌蓝色的大海
成群结队的星星在觅食
鲸鱼来了。

头上种着一棵
银铃铛树的鲸鱼。

钟声早就响过了第十二声
那甜蜜的银铃铛
开始摇响，我时常
安静地听她鸣唱：

鲸鱼，鲸鱼
你在开花吗
鲸鱼，鲸鱼
你在翻滚吗
鲸鱼，鲸鱼
你吐出了珠玉
鲸鱼，鲸鱼
你眼含着热泪

大海就这样
总是送给我无边无际的欢乐
同时也带来无始无终的孤独
好在还有鲸鱼：

我骑着它出海，但永远
不会骑它去看日出。
当远天刚刚露出柔软的鱼肚白
杀戮就开始了：

白昼是一艘捕鲸船。

(2021.11.22)

九月的磨刀石

九月过了还不到一半，所有的事情迎上我
用它们粗糙的石头的脸。
我拿出我的一颗心，在那上面磨：
我要让这颗心变得越来越锋利，哪怕它会变薄。

在这个九月，我磨，我磨 ——
很多事情凹了下去，流着肮脏的眼泪。
我拿出我的那颗心，它却变得如此明亮：
当它掉在暗处，甚至照见了这世界上最幽微的部分。

(2021.9.13)

我的房子和我

我的客厅、卧室、厨房、厕所
组成了尘世
我的书房山高水长
在尘世之外

客厅的广场
明了暗了
卧室的窄门
开了关了
厨房的枝头
熟了落了
于我而言
分明如四季

唯有厕所让我看不透
它不时地返味，不断地
按着复读键："嘿！我来了！嘿！我又来了！"
每当此时
我的鼻子、口腔、气管
我的心、肝、脾、肺、肾
小肠、大肠、直肠、十二指肠
以及我身体里的咸水湖
——膀胱

都会随之暗潮汹涌

这是种治不好的病——
一种活着活着
只能选择与之握手言和
的慢性病

（2013.1.19，广州）

广州生活

夜晚，风一吹
树就颤抖。

走钢丝的人，
回到了地面
收拾着又一天的
影像。他低头
阴影遮蔽了尊严。

长尾夹紧闭的嘴巴。
玻璃水杯的善变。
白纸的水性杨花。
镜子的敏感。
钝角与内心。

现在看起来，
生活比预期的要远。

（2003，夏，广州）

114

我的乡村

一只灰背鹁鸪引起下午注意
蓝翅膀的鸟渐渐忧郁。房前丛生
的酸枣树：窃窃私语。窃窃私语
干燥的天色坐在老房子上一声不吭
他的院子摆满张口的木头。他
在静坐，雷同的情节辗转不定

打开木门，他走出去。道路
又白又无聊地躺在冷空气中
去年的车辙长出苔藓，又黑了
尘土被小旋风慢慢抬起
过路的羊送他一条皮鞭
他的眼里闪过树木、野草和碱地
这时候，天上的云彩掉下来
村庄陷入一幅放大的木刻画里：黑白相间。

（2000，冬）

115

无题

如果天上的白云
和地上的山峦
换了位置会怎样

我们会远远看着那片
在大地上起伏的云朵
说，那就是我们再也
回不去的温柔乡

我们会抬头看着天空
说，生下来就有
一座座山峦
压在我们头顶

(2022.3.28)

116

独饮

我穿过树木一样排列的人间秩序
到达一片混乱的旷野：相悖的
事物纷纷睁开眼睛
看我走过那条透明的通道：
一条用古老的酿造术筑造的路。
曾经，那么多人从此走过
只是我要到达的地方是矛和盾
是有和无，是一直
没有到达的到达之处。
假如，此刻天色向晚
你是否也在那片历史的雪花中独酌？
那是一场从未降落的大雪
还在等待饮者：赴约的人不是我
很多年以后，我才饮下了这杯酒
我是从未路过的过客。

(2022.1.16)

黄昏·风雪·行人

午后，有艘金船打天空经过
碧波荡漾的大海
升起一朵朵白云的帆
青黑色的鱼群，还在掩藏身影

直到：鱼群在大地上穿梭
乌沉沉的大海
那个黑脸膛的渔夫，撒开了网
冰冷的鱼儿，闪动着白色的鳞片

是谁在这天和地之间路过呀？
那些被风摇动的树
仍在原地奔跑，就像
大地的跑步机上，那些还在奔忙的人

(2022.1.27)

118

回味

腊月：时间沉淀而成的月份
那滋味，可怎么说呢。
有个人一头钻进了腊月
他在时间里穿行：迎面而来的岁月
还散发着旧日的陈香。
那些肥瘦相间的日子，在冬日的
火炉上炙烤着。现在他和往日
就隔了薄薄的一层淡黄的油脂。

(2022.1.30)

岛屿七章

一

十月。

从北向南：一条候鸟的航线。

借助大型时空魔法器械：波音 747，我从秋天重返夏天。

（但这个夏天终究还是要过去的，在我窗前的空酒瓶对着海风唱歌的时候：一首灰蓝色的歌。）

在那个酒瓶学会唱歌之前，我已经先与酒瓶里琥珀色的液体相认了，与此同时，我也与那座能同时呼吸出白云和飞鸟的岛屿相认了。

啤酒、岛屿、我，我们三者：拥有同一个孤独的灵魂。

二

当天晚上，猎户座在天空举着火把，忙碌了一整夜。

黑暗森林中，群兽的嘶叫和蹄声，吵得人难以入睡。

三

早晨醒来，就看到了岛屿吐出的白色烟圈：这颗被孤立的头脑，正在用无边的蓝色思考着。于是从那蓝色的思想中，冒出了白的云、黑的云，以及介于二者之间的灰的云：毋庸置疑，只有灰色的云在天空是岛屿，孤悬于黑白分明的大陆之外。

四

岛屿，是被欺骗的灵魂，用阴翳思考着。

在白之外，在蓝之外，在云之外，在海之外，在有涯的生存之外，在一切即将到达尚未到达并且永远永远再也不会前往的地方，岛屿：凝固的浪头，一次次的浇铸，让它成为阴影，阴影中最难以释怀的阴影。

顽固，不化。

大海本来是予取予求的，唯独岛屿令其献上了永不停息的花朵：白色在蓝色之上一次次绽放、卷起、凋落，周而复始。

海鸟：一粒粒花粉，终于让那阴影受孕了。

还是飞吧，如果我不能飞，我吐出的气息也要飞，在天空无涯的史册里，变幻着白云苍狗的意象——这就是我创造的世界。

我是沧海之一岛，我的世界则视沧海为朝露。

五

大海随手丢给我一些泡沫，我沉吟良久，决定以沙砾回赠。

当海面开始闪光，沙砾也在闪光，那是我又小又不屈的心意。我就是这样的一颗心脏，在汪洋之中跳动，但永远也跳不出那古老而浩瀚的血脉：一座岛，在茫茫之中，必定要走向孤独。

但我当真把这两个字：孤独，一笔一画地写了出来，见惯了大场面的海鸟却在笑我：一个毫无名气的小岛，懂得什么叫孤独？

我这是在哪里呀？

当我从那茫茫之中爬上岸来，几亿年过去了，我还坐在进化论的树荫下，打着瞌睡：我抛弃了一些，又得到一些；我来到茂密的丛林，融入众生之中；我走向宽广的地平线，并再一次回到以一生为园囿的孤独。

每天，我都丢下一些沙砾，给我必须要面对的这片汪洋大海——我在打磨我自己，却从来不曾忘记来路——

在遍布岛屿的那些蕨类、苔藓和棕榈树上，有心人仍能清晰地辨认出：这是鳍，这是鳞片……

六

岛上下雨了。

大海瞬间被天空吞噬，只能靠岸边的几行树木证明自己就是大海。

树木：大海在陆地上的绿卡。

那岛屿呢？

岛屿是从大陆移民到大海的苗裔。

七

终有一章，会写到无望的情事，或早或晚。

终有一人，将失散于茫茫沧海，载沉载浮。

当一座岛屿进入中年，头顶白色的浪花抒情，仍能品尝到那种咸涩的滋味。但那滋味却令他突然明白过来了：那些染满发梢之物，原来就是盐啊。

时间是存在的么？

如果是，又以什么为尺规？

从哪一刻起，他从陆地的一部分变成了独立的碎片？激烈地动荡了许久之后，他终于坐了下来，坐成为一座岛屿。

如果仅仅为此，并不值得在大海的波涛上铺陈，也不值得在天空的云锦上书写。唯一值得提起的仍是那白色的盐：用煎熬，把无色的逝水状的时间凝固成了纪念碑。

（2021 年 10 月 4 日－24 日，三亚－北京）

辑
四

秋夜七弦

我从卧室爬起来，走进书房

蟋蟀：秋日的经典诗人，已经先我一步

开始吟唱。我打开折叠的笔记本：

这是我即将开始振动的两扇翅膀

——《秋夜七弦》

秋夜七弦 · 小序

夜里三四点钟，我坐在笔记本电脑前，我在写一首诗：那首七行诗出现了。

我看着眼前的诗句，第一个瞬间，脑子里出现一个词语：七弦琴。我承认我对琴这种存在完全不了解，这只是来自于书中的、文化中的一个词语、一个形象，但并不妨碍它还是在我的心里"丁丁"地弹响了。

我当然也想到了一些古诗，但也跟那些古代的诗句没有任何关系。

游戏开始了，本来就喜欢写短诗的我，简直太喜欢这种七行一首的形式了，这是我为自己定下的游戏规则：

一．一首诗七行，每行都是长句，形象上像琴弦；

二．每首诗有一两个核心意象，符合我自己对"意象戏剧"的追求。

这就足够了。这个九月的秋夜，一开始我只打算写五首，第五首写出来时我就想还是写到八首吧，写到八首时我觉得或许写十二首比较好，最后这一组《秋夜七弦》完成了十五首。也许后面我还会写更多的"七弦诗"，但谁又知道呢。

也许这些以后出现的诗，并不都是在秋天的夜晚写下的，但它们将会统一在"秋夜七弦"的规则下，都被称为"秋夜七弦"。

"这天晚上，一定有什么在召唤我"……

(2021.10.1)

129

秋夜七弦

这天晚上，一定有什么在召唤我

凉风透过窗子吹进来，天上无星无月

还在值夜的灯火，一盏比一盏静默。

我从卧室爬起来，走进书房

蟋蟀：秋日的经典诗人，已经先我一步

开始吟唱。我打开折叠的笔记本：

这是我即将开始振动的两扇翅膀

（2021.9.3）

130

秋夜七弦·后半夜的漫游

一天的后半夜，凌晨的两点钟：驾上车走进夜色

驶入一座城市的大街小巷。现在，执勤的只有红绿灯了

但街道开始变得宽敞，如同一条条松软的血管。

这时的我：一粒红细胞，孤独地游走在一个沉睡者的体内

当所有的细胞都以同样的鼾声扩张着夜之海的波纹

唯有我在毫无目的地穿行：在一个真正的梦中。这个沉睡者

当我在他的血管里游荡，他身体的哪个部位正在微微发烫？

(2021.9.5)

131

秋夜七弦·咖啡馆

街头的咖啡馆。等人而又不至，不至而又得等

我举着时间的棋子，举棋不定：

头一次次垂向桌面，未曾落下，又陈然惊醒。

强忍着睁开瞌睡的眼睛，心想这人怎么还不来

想着想着，又落下一子：头往下垂。

这时咖啡机的声音嗡嗡嗡嗡：酿苦的机器蜂

这时窗外的路灯亮起黄花，屋子里氤氲开一种焦香。

(2021.9.5)

秋夜七弦·人间灯火

我吞下了一颗太阳，就必然是一个发光体

因此注定了我在夜晚也得燃烧：下班后

我是少数与工作建立起了生活关系的人。

晚上十点钟，当我终于夹闭了自己的光芒，看向窗外

这个城市馈赠给了我银河般的璀璨：一扇扇人间的窗口

像一个个打开盒子的宝箱——如果你能明白这一盏盏灯火

在宇宙中是多么易碎，你也就能明白它们是怎样的宝贝。

(2021.9.6)

秋夜七弦·雨夜

你在秋雨里藏了一条蟒蛇，在风吹来的夜晚
斑斓的灯火是它的花纹：大部分的它，黑暗虚无。
秋雨在窗外的路灯下走过，一条湿漉漉的印痕

你仿佛回忆起了什么东西：一个蛋正在破壳。

又仿佛什么也不曾发生，如同秋风吹过之前，整个夏天
都曾有风吹拂，但你的记忆里只有那一轮烈日
秋天，是从那烈日的巨蛋中刚刚孵出的幼蟒。

(2021.9.6)

秋夜七弦·白露

露珠是月亮的复制品：亮晶晶的事物，在人世间流通

但它们被消耗得太快了！以致当有一天我听说

女人们喜欢把珍珠磨碎作为化妆品时，我知道那是把

露珠和花朵之间的秘密暴露了：根本不是什么伤心的泪水。

这一夜注定不能平静，我想起白天我在高速路上的所见：

楼宇、桥梁、道路、车辆、人类的造物使用的都是规则的线条

但树木是散乱的，云朵也是；露珠、月亮和秋天，在这一切中间。

(2021.9.7)

135

秋夜七弦·独坐

有时候不想开灯，独自坐在黑暗里

房间外的灯光透进来：一条条光斑组成鱼群

在墙壁的潭水中露出脊背。这当然是一出戏剧

看戏的人也是写戏的人，就好像此刻

我自深深夜色中醒来，坐成夜色的一部分：

夜色中最浓重的那部分；远处的山峦

也在夜色里浓墨重彩地呈现，与我遥相呼应。

(2021.9.8)

136

秋夜七弦·微小的波澜

是一面湖就得有波纹，在夜色的这片湖水中
粼粼的波光扩散着：灯火就是这样微小的波澜
一定有人在这样的夜晚与灯火相对而坐，沉默着。

我是一个看惯了湖光山色的人，我就愈发沉默：
夜色中有一半的波纹是我画出来的。与我在同一个夜晚
观澜的人，还在捕风捉影——我已用饱满的夜色
画出了全新的一天，我刻画的波纹还在一行行地扩散。

(2021.9.9)

137

秋夜七弦·难以尽言的时刻

秋雨像一列火车鸣响，在这个迟迟不愿明亮的早晨

闪电接连几次画过天空的草稿纸，楼房和树木的影子

才被勾勒出来，但仍然脏脏的，铅笔的痕迹还在。

我有幸在此刻接到了凉风的信函：白天来了，但夜晚还在

秋天天来了，但夏天还在。这是一个难以尽言的时刻：

闪电一次又一次地打破，令人恍惚看到了一些金色的答案

秋雨又用细密的针脚弥合，把我们牵回到庸常的生活手里。

(2021.9.9)

138

秋夜七弦·众多的枝叶

半个秋季，我都在梦游中度过，沿着分行的街道

众多的枝叶伸出手，把我弹拨——那本是一些

我误认为是琴弦的事物，在这个秋天的深处

逐一露出曼妙的手势，让我在心头发出曲调。

一切是不是真有神秘的齿轮在咬合，当我把

这几年的落脚处一旦写出：果园。梨园。九棵树。

众多的枝叶都将落尽，秋天伸出手臂，提着浑圆的灯盏。

(2021.9.10)

139

秋夜七弦·河流

我曾到过一个有硕大月亮的地方，那里标注着两个地名：
一个叫秋天，一个叫童年。后来我才知道，秋天要大一些
童年要小一些，类似于：秋天县童年乡。就在那轮明月下
我捡到了生命中的第一条河：小吴河。我让它在掌心流淌。
后来我手里攥了越来越多的河流：万福河、大运河、珠江
府南河、通惠河……以致今晚我坐在海河边上，捧着双手
查看那些纵横交织的河流：一张大网把我捞起，在秋天县童年乡。

(2021.9.12)

秋夜七弦·寒光

也许是月亮看多了，我压抑不住地想要嗥叫

以一头狼的形象，与所有伏在秋夜夜里等待果实落下的

禽兽们都知道。我从来都知道，在秋夜深处

除了弹琴的蟋蟀，还有吸血的蚊虫。但我更知道

凛冽的秋风之刃，像月亮一样明晃晃地吐露着寒光。

在这个深夜，愤怒令我差点儿忘形；凉风按住了

我的肩膀，我坐下来：初六日，月亮正在上弦。

(2021.9.12)

141

秋夜七弦·尊严

我从不相信在太阳高悬的白昼会黑得看不清道路

这不符合天文学理论；也不相信人类会生出狼、狐狸，或者
其它动物，这也不符合生物学中的生殖隔离——在那场官司之前

在那场官司之后，自然科学完全失去了应有的尊严。

超出我预期的永远都比生活教会我的更多：我还在学习中

一个人年近四十，用一头花白的头发燃烧着怒火

我确实是这样一盏油灯：当我吐出火焰，同时也吐出黑烟。

（2021.9.12）

142

秋夜七弦·风，神秘的吹奏者

风在空瓶子里吹奏着这个秋天，我的身体也被吹奏着

用那些从瓶子里倾倒出的液体：令人眩晕的透明火焰。

我站在楼道的阴影里时，总能听到窃窃私语的交谈声：

这座大楼也和我们一样，和这些空瓶子，以及我这样的人类

一起用内心的颤抖和世界产生着共振。有一夜我酒后醒来

感觉到空虚容纳着一切，并且发出了清晰的回音

这是我灵魂出窍的体验——一切都往夜风中慢慢地飘零。

(2021.9.17)

143

秋夜七弦·中秋夜在八关夹礁石上看月

是谁在摇晃眼前的大海：轻轻晃动着透明的酒杯

让里面深蓝色的鸡尾酒散发出咸涩的气味。

一片黄柠檬：中秋之月，在被投进这杯液体后

更复杂的味道便开始从杯底滋滋冒出，成为细碎的气泡

在人的鼻腔，喉咙到胸腔之间，不断发生着微小的爆炸：

有场战争打响了。我远道而来，只是想看看秋日的大海

却在不知不觉中端起了这杯酒：整个太平洋的孤独。

(2021.9.21)

144

秋夜七弦·杂音

生活有些波浪也很正常，既然我们把生活比作一座大海

——先不管是不是苦海，当我们投身其中，就要做好憋气的准备。

更何况，有些小妖时不时地还会跳出来，兴个风作个浪

没有向死而生的勇气，你哪能打得过龟丞相带领的这班虾兵蟹将？

此时就有一场官司堵在我门外，砰砰砰地拍打着我礁石的大门

对过去雷同的一幕，至今我心有余悸：那只大老鼠曾把木门给我啃掉半截

现在我必须得跳起来，放出心里的鲨鱼：打就打，先让一切浮出水面！

(2021.10.28)

145

秋夜七弦·年终来信

这一年我做了太多无用之事：件件有用。

经过的事情嘲笑我，用姿势奇怪的背影

我写了一封电子邮件，并想通过邮局

寄送到一个我印象中的地址：灰尘巷。

我只有那一个地址了，此外所有的地址都在

大雾之中，但我的邮差老了。我终于知道了

一切的真相，通过你寄来的信：时针的滴答声。

(2021.11.11)

秋夜七弦·停顿

大风呼叫了一夜，持续多日的耳鸣突然好了

我起身坐在黑暗中，这具肉身略显沉重了些

但在夜色里并不突兀：我摁住了开灯的念头。

突兀的是灵魂。不远处，一个又一个

亮灯的窗口：这些生活的机器仍在低声鸣响

唯有我顿了一下，像心跳漏了半拍，像随手

敲下的顿号，但随即一切又顺畅地接了下去

(2021.11.21)

147

秋夜七弦·酒醒的夜

酒醒的夜里，刚好又下着雨

你不得不听着整个世界正在沙沙滚动的声音

你不知道它将滚向何处，但你恰恰有一种感觉

有些东西已经被丢在了身后，而另外的一些

也永远无缘再见了。永远，就是从一片云

变成一场雨那么远，就是从一滴雨汇入江河

从此再也没了自己的面目那么远，甚至还要更远

（2022.6.29）

148

秋夜七弦 · 中国传说

我曾在一片开阔地凝望秋天

秋天是那棵顶天立地的古树：建木

它的果实浑圆，明亮有如灯塔

它的果核长成了一株桂树的形状：

下一个秋日正在酝酿中。后来

我开始落叶，不得不举起了自己的

果实：一段段明暗交织的光阴

(2022.9.23)

149

秋夜七弦·立地灯

直到这个晚上我还在为生活和工作焦虑

但我已不再为那些曾经的微小目标而沮丧

在我面前的镜子里，有盏立地灯亮着

因为在我的身后，有一盏同样的灯在亮

那才是一盏真正的灯，比眼前镜子中

看到的更加明亮。我正坐在它的光芒里

那些令人沮丧的小事，不过是灯罩上的灰尘

（2022.12.30）

150

图书在版编目（CIP）数据

我，一个驾驶蝴蝶的人 / 张进步著 . -- 海口：南
方出版社，2023.4
ISBN 978-7-5501-8182-3

Ⅰ . ①我… Ⅱ . ①张… Ⅲ . ①诗集—中国—当代
Ⅳ . ① I227

中国国家版本馆 CIP 数据核字 (2023) 第 070180 号

我，一个驾驶蝴蝶的人
WO, YIGE JIASHI HUDIE DE REN

张进步 【著】

责任编辑：高　皓
装帧设计：臧立平 @typo_d
出版发行：南方出版社
邮政编码：570208
社　　址：海南省海口市和平大道 70 号
电　　话：（0898）66160822
传　　真：（0898）66160830
经　　销：全国新华书店
印　　刷：河北鹏润印刷有限公司
开　　本：860 mm×1092 mm　1/32
印　　张：5.5
字　　数：84 千字
版　　次：2023 年 4 月第 1 版　2023 年 5 月第 1 次印刷
定　　价：68.00 元

全国总经销

捧读文化
触及身心的阅读

出 品 人　　程　碧

特约编辑　　师明月

装帧设计　　臧立平 @typo_d